„*Drum besser wär's, daß nichts entstünde.*“

Mephisto

Roman

Die Grabung

Ich kann mich an mein Haus, es lag auf der Erdoberfläche, ganz außerhalb unserer heutigen Welt, unter einer Öffnung, die man wohl Himmel genannt, nicht mehr so richtig erinnern. Doch tröpfelte Wasser auf jene Welt. Weiße Schwaden, in denen es kondensiert, zogen darüber hinweg. Ein heißer, gelber Punkt, ganz unvorstellbar weit entfernt, spendete gleißendes Licht, das uns wohl alle nur blendete. Viel lieber verblieb ich im Haus.

Es hatte mich aber der Keller, eben jenes Hauses, stets magisch angezogen, den ich mit einer gewissen Scheu, ja Ehrfurcht stets betrat, habe mich gerne dort aufgehalten, den Modergeruch in mich aufgesogen, genoß dort nun gerade die Dunkelheit, und was die schlechte Beleuchtung betraf, seinen Zustand nicht angerührt, ihn niemals renoviert.

Doch eines Tages spürte ich dort unten einen Wandel, der meine traurig-schöne Welt für immer ruinierte. Er nahm an der Decke des Kellers einen recht seltsamen Anfang. Sie trug ja schließlich das ganze Haus. Genau in ihrem Zentrum, das von Spinnen und Tausendfüßlern einigermaßen frei geblieben, wurde etwas sichtbar, das ich mir selbst bis heute, habe mir oft genug den Kopf darüber zerbrochen, noch immer nicht recht zu erklären vermag.

Obwohl ich die Decke des Kellers stets eingehend untersucht, habe sie wohl schon immer als etwas Besonderes aufgefaßt, oft stundenlang dorthin gestarrt, war über so viele Jahre dort eigentlich gar nichts passiert. Von einen Tag auf den anderen begann jene Decke jedoch, ich wollte es anfangs nicht glauben, meinen eigenen Augen nicht trauen, als könnte sie gar nicht anders, sich unmerklich, doch eigentlich stetig aufzuwölben. Dabei gab es weder bauliche Mängel, noch irgendwelche anderen Schäden. Ich hätte sie sicher bemerkt. So blieb mir wohl gar keine Wahl, als angsterfüllt dorthin zu starren, lethargisch zu betrachten, wie etwas darin zu wachsen beginnt; anfangs noch ganz allmählich, doch mehr als nur irgendein Schatten, in der Decke anschwillt, beständig nach unten drängt, sich rätselhaft verändernd, eine gewaltige Kraft aufbringt, die sich nicht damit begnügt, so auszusehen, wie eine Decke erscheint, beharrlich sich weigert, ja kategorisch verneint, sich entsprechend auch so zu verhalten.

Ich habe es schließlich wohl eingesehen, meine Zweifel aufgegeben, mich nicht mehr dagegen gewehrt, und so geschah es nur immer rascher: Es wollte aus sich selbst anschwellen, blieb vollständig für sich allein, blähte und entwickelte sich hundertprozentig selbstständig, hat ohne äußere Einwirkung jenen Drang entwickelt, befolgte jedoch einen glasklaren Plan, aus dem Nichts zu pulsieren!

Es kommt nicht aus dem dünnen Putz, aus irgend einem Ziegel, kann nur aus ihrem Zentrum, von einem einzigen Punkt ausgehen, der mir jedoch unerklärlich bleibt, im Ursprung nicht einmal so groß sein kann wie das geringste Atom.

In ihrer ganzen Tiefe erschien die Decke davon erfaßt, untrennbar damit verbunden, als wären alle Gegensätze in Windeseile aufgelöst, sind Kreis und Quadrat ganz identisch geworden. Man könnte vielleicht auch sagen, doch nur aus der Rückschau betrachtet, bekommt es auch jenen Sinn: Die Decke meines Kellers, im Grunde genommen sein Himmel, ein scheinbar so festes Firmament, war in den wildesten Sturm geraten; und etwas auf seiner Oberfläche tobte wie ein brausendes Meer, schrie mit der Kraft gewaltiger Worte, die alle einzigartig sind, weil einer dafür sorgt, ich weiß nur nicht recht, ob es durch mich oder vielleicht einem andren geschieht, daß sie nur immer heiliger werden, von einem neuen Leben erfüllt, vollführen sie vor meinen Augen ein überaus seltsames Schauspiel.

Noch einmal rannte ich kurz in mein Haus. Es war an seinem Boden, der über jener Stelle lag, auf dem Parkett wirklich gar nichts geschehen, keine Veränderung festzustellen. Doch schwang sich jenes Gebilde dort unten nur immer weiter hervor, wuchs wie etwas Lebendiges nun stündlich aus der Decke. Ich lebte nun ganz allein für dies abscheuliche Ding, konnte es nicht aus den Augen lassen; es nahm mir fast den Atem, ja selbst für das Essen und Trinken blieb mir keine Zeit. So starrte ich ganz fassungslos, vollkommen gebannt und zugleich gehemmt von etwas, das ich nicht im geringsten verstand. Ich konnte mir aber nicht vorstellen, wagte bis vor kurzem nicht wirklich daran zu glauben, daß von jener komischen „Wurst", die kaum einen Meter lang geworden, die allergrößte Gefahr ausging.

Bevor ich es recht bedacht, begann es sich schon zu verästeln. An einem bestimmten Punkt der Decke, der allertiefsten Stelle nämlich, wo es am stärksten wogt und am weitesten atmete, bildete sich aus jener so merkwürdig braunen Wulst allmählich ein richtiger Stamm, der im Himmel der Decke tief verwurzelt erschien, hing manchmal vielleicht etwas schlaff, als fehlte ihm noch etwas Saft; bevor es von irgendwoher, kein Mensch weiß es genau, ungeheure Kraft bezog; wuchs fast unaufhörlich zu einem komplizierten Geflecht, bildete schließlich gar Kugeln, sie ähnelten einem Christbaumschmuck, auf denen sich Namen aber befanden, die mit jeder Verzweigung nur länger und immer noch länger wurden; und die ich, in fremden Sprachen nun durchaus geübt, so rasch wohl nicht zu entziffern vermochte. Doch wenn man sie mit der Hand berührt, was mir zumeist jedoch widerlich war, erschienen die Kugeln ganz warm. In meiner schrecklichen Einsamkeit gab es jedoch Momente, da drückte ich sie ganz wild an mein Herz.

Bald kamen aus jenen Verzweigungen, wie ich schon länger befürchtet, ganz kleine, flinke Fühler, aus denen sich stets neue Namen ganz angriffslustig zu Boden streckten, schlängelten frech herum, kamen mir oft gefährlich nah, wurden nur immer länger, wogten und züngelten hin und her; ein Wort gebar das nächste, und daraus ragte stets ein weiteres noch hervor. Niemals für etwas anderes, neues oder weiteres, für ein und dasselbe nur waren sie stets die Bezeichnung, das mit jeder Verwandlung, jeder neuen Nennung jedoch nur wichtiger und immer mächtiger wurde. Etwas im Schatten der Wörter begann nun allmählich zu tanzen, ekstatisch umherzuspringen, unheimliche Gesichter und tierartige Leiber, die ganz bestimmt keine Engel waren. Derartig in Panik geraten, malte ich mir Dinge aus, die meine Kellerdecke schließlich zum Einsturz bringen, ja das ganze Haus, am Ende unsere Welt völlig verschlingen sollten. Ich mußte sehr rasch handeln, mir endlich eine List ausdenken, wollte ich den Keller, mein Haus in letzter Minute noch retten. Mit einfachsten Mitteln gelang es schließlich, die Decke des Kellers abzusichern: Hastig wurden Stützen, häßliche, klobige Träger, durch ungelenke Handwerker von oben herbeigeschafft. Ich weiß nicht, wer sie herbeigerufen, doch fiel mir ein Stein vom Herz, hier endlich wieder Menschen zu sehen. Es waren meist untersetzte Gestalten, von denen einer im Scherz noch meinte, jenes komische Ding, das umkehrt an der Decke hing, sei eine zwar wenig schöne, doch höchst moderne Skulptur. Die nun allerdings recht leblos erschien, im Grunde genommen ganz abgestorben, wie zu Eis erstarrt. Sehr bald schon zerfiel sie zu Staub. So rasch wie der Spuk gekommen, schien er auch wieder vorbei.

Die mächtigen Träger vielleicht auch nicht fachgerecht eingepaßt, gelang es den Handwerkern zwar, die Kellerdecke abzustützen. Nur wurde jenes Gerüst mit großer Gewalt auch noch seitlich verkeilt, durch Querstreben weiter verstärkt. Ein Vorgang, der eigentlich überflüssig, mich damals wohl schon etwas mißtrauisch machte. Das führte nämlich nach kurzer Zeit zum Einsturz einer Wand, die krachend in meinen Keller einbrach. Zwar schien es im ersten Moment, als ob sich dahinter nichts weiter verbirgt. Es lag dort ja weder Gestein, noch nennenswertes Erdreich an. Bis vor den Augen der Handwerker, die sich schon bald an das Dunkel gewöhnt, ganz plötzlich ein riesiger Hohlraum erstand!

Es wurde von fachlicher Seite, nun allerdings erst sehr viel später, meist anerkannten Experten, als auch durch staatliche Stellen, eben jener Zusammenbruch recht eingehend analysiert. Es schossen darüber dann bald die wildesten Spekulationen ins Kraut. Inzwischen hat sich der Fundort, die Lage der einzelnen Gegenstände, ja überhaupt das gesamte Areal derart stark verändert; es wurde bis in die jüngste Zeit fast unaufhörlich vergrößert, immer wieder umgebaut, ja bis zur Unkenntlichkeit entstellt, daß sich leider die Ursachen dieses jähen Zusammenbruchs nur ungenügend erforschen, wohl kaum noch richtig bewerten, geschweige denn rekonstruieren lassen.

Im Übrigen wurde die Öffentlichkeit erst reichlich spät davon informiert. Sie nahm von jenem Ereignis, es ist nun schon seit Jahrzehnten für uns ein gesetzlicher Feiertag, zumindest in der Anfangszeit noch gar keine Notiz. Die Wand hatte aber schon lange einen klaren Riß, der senkrecht und merkwürdig gerade verlief, zu beiden Enden fast eckig in dieselbe Richtung einbog, auch ohne allzu viel Phantasie zumindest den Eindruck einer gewaltigen Türe bot. Doch gab es dafür als Augenzeugen wiederum nur mich.

Nachdem jene Wand schließlich eingefallen, die ungefähr im Osten lag, ein feiner Staub sich allmählich gelegt, zeigte sich dahinter ein kuppelartig gewölbter Raum, der eigenartig hoch, fast wie eine Krypta vor den verdutzten Handwerkern stand. Viele Meter unter der Erde verborgen, schien dieser mächtige Bau sich dennoch aufzuteilen, ja weiter zu verzweigen. Hinter einem massiven Tisch, doch wohl eine Art von Altar, den geschickte Hände mühsam aus dem Felsen geschlagen, lagen nämlich Öffnungen, die aus der Wand in drei runde, meterbreite Stollen ausliefen. Sie waren mit der Umgebung verbunden, im Grunde jedoch weit nach unten gerichtet. Seit ungezählten Jahren bereits mit Erde angefüllt, schienen sie selbst in dem tiefsten Dunkel noch lange nicht zu enden.

Natürlich war jedem bewußt, sogar den tumben Handwerkern, daß der gewaltige Raum nur kultischen Zwecken gedient haben kann, die allerdings im Nachhinein nicht wirklich aufzuklären, noch zweifelsfrei zu deuten waren. Ob dort wohl jemals Messen gefeiert, und welchen Gott man tatsächlich verehrt, darüber gehen die Meinungen noch heute sehr weit auseinander. Ein Ende dieses Expertenstreits ist längst noch nicht in Sicht.

Schnell schaffte man neue Stützen herbei, schob die Reste der Wand, Schutt und Geröll, beiseite. Ja, es wurden in jenen Stunden bereits die ersten Eimer mit Erdreich nach oben gebracht. Zunächst nur mit kleinen Taschenlampen suchten jene Handwerker auf eigene Faust das Gelände ab, hätten es sich von mir ganz sicher auch nicht verbieten lassen. Zwar stolperten sie in dem Tempel recht ungeschickt umher, es schienen gar manche zu taumeln, sie krabbelten wie Säuglinge, ja wetteiferten geradezu, sich staubig und schmutzig zu machen. Es sah schon mitunter fast lächerlich aus. Doch waren sie wie berauscht, als ahnten sie bereits, daß sie noch am selben Tag eine Sensation entdeckten.

In jenen entscheidenden Stunden gab es dort unten nur Handwerker. Ihre übertriebene Hast, ihr überaus forsches Suchen, sagen wir es doch rundheraus, eine gewisse Zerstörungswut, es fehlten ja schließlich auch alle Experten, die sie wohl hätten einweihen können, haben den Fundzusammenhang, die Lage der einzelnen Gegenstände, wo etwas sich befand oder hing, tatsächlich empfindlich gestört, was spätere Untersuchungen, wie bereits erwähnt, nicht unbedingt erleichtern sollte. So war an sich schon der erste Tag doch vollkommen entscheidend: Von da an verblieb dort unten wohl kaum noch ein Ding, wie es einmal gewesen. Nachdem eine dicke Staubschicht entfernt, die wie ein feiner Sand erschien, der über längere Zeit, aus großer Entfernung dort angeweht, noch hier und da Schutt beiseite geräumt, kamen schließlich Tafeln hervor, die halb zerbrochen im Dunkel lagen. Sie wurden sofort in den Keller gebracht. Die stark überhitzten Männer, sie waren wie im Fieber, setzten sie behände zusammen, was ihnen merkwürdig schnell, ja kinderleicht gelingen sollte. Im Grunde war jede Tafel ja nur ein einziges mal, so ziemlich genau in der Mitte zerbrochen. Die Brüche waren rein. Es sind nur ganz wenige Buchstaben, doch höchstens ein oder zwei, beim Bruch jeder Tafel verloren gegangen. Dies sollte allerdings später noch eine bestimmte Bewandtnis haben.

Das Ächzen und Stöhnen der Männer dröhnt mir noch heute in den Ohren. Und wie sie schweißüberströmt, aus einer völlig fremden, so unerwartet entstandenen Welt, die Tafeln in meinen Keller trugen. Ich werde es niemals vergessen. Der Stein war aber schneeweiß, erschien wie frisch poliert, ja regelrecht von der Sonne gebleicht. Es muß eine schreckliche Hitze die rußschwarzen Lettern dort eingebrannt haben. Als sei die Zeit dabei stehengeblieben, geschah dies vielleicht doch erst gestern, leuchtete es in dem schillernden Stein, als brannte noch immer ein Feuer, hätte man jene Schrift glühend in dem Granit eingefangen. So ist jene innere Lava wohl nie mehr zur Ruhe gekommen, bewegt sich unaufhörlich in dem verfluchten Stein, erzeugt in ihm eine Spannung, die ihn wohl jederzeit, doch eigentlich ständig zerreißen kann. So findet die Schrift keinen Frieden. Denn etwas, das hat sie ganz schrecklich verletzt. Die Buchstaben, denen kein Mensch je entrinnt, sie wurden unter tiefsten Qualen zu ewigem Leben verdammt. Und das heißt für sie doch nur endloses Sterben. Mal waren es konkrete, auf beklemmende Weise oft unerhört bildhafte Zeichen. Sie zeigten einen gefällten Baum, tödlich verwundeten Krieger, ein schrecklich entstelltes Kind, ja, eine ganze Reihe hoffnungsloser Mißgeburten; doch immer wieder gefolgt von äußerst abstrakten Chiffren. Es schien wie eine Mischung aus frühester Konsonantenschrift und uralten Hieroglyphen. Der Ursprung jener Schrift, die Sprache, auf der sie beruht, waren so derartig einzig und neu, daß es selbst die Experten, Schriftgelehrte und Archäologen in ungläubiges Staunen versetzte. So konnte zumindest am Anfang eine häßliche Fälschung nicht ausgeschlossen sein. Bis heute weiß eigentlich niemand, wer jene Tafeln geschaffen, tatsächlich in den Staub gelegt, wer jenes Gewölbe denn überhaupt geschaffen.

So viel scheint nun jedenfalls sicher, daß hier ein Dialekt vorliegt, der von einem kleinen Stamm wandernder Beduinen, noch weit in vorislamischer Zeit, vor dem Erscheinen der Hochreligionen, tatsächlich wohl gesprochen wurde. Aus bestimmten Wörtern und fremdsprachigen Einflüssen kann man jedoch schließen, daß ihr Verbreitungs- und Wandergebiet überaus groß gewesen sein muß. Dies besagt für sich allein wenig. Wer sie denn wirklich verfaßt haben mag, bleibt weiterhin ihr Geheimnis. Die Tafeln sind jedoch zweifellos, nachdem man sie grob eingeschätzt und halbwegs übersetzen konnte, und das ist die wirkliche Sensation, ausschließlich für die Nachwelt, dem Finder der Tafeln geschrieben. Prophetisch geht der Text Punkt für Punkt, ja bis ins kleinste Detail auf seine Entdeckung ein, vergißt nicht einmal die Handwerker. Doch nicht allein spielt der Text darauf an, er ist eine klare Botschaft für uns! So wurde die Frage nur dringlicher, was jene Zeichen denn sagen möchten. So viel war wohl ebenfalls sicher: Es lagen alle drei Tafeln, jeweils in nur zwei, nahezu gleich große Stücke zerbrochen, vor unterschiedlichen Gängen des Tempels. Von kleinen Lehmziegeln eingefaßt, waren jene Stolleneingänge mit filigranen Zeichen versehen, die allesamt nach unten gerichtet, immer nur in die Tiefe zeigten, bis zur Höhe des Tempelbodens anscheinend jedoch seit ewigen Zeiten von Erdreich bedeckt. Und dabei waren die Tafeln, dies zeigte sich schon bald, doch unter bestimmten Bedingungen überhaupt nur lesbar: Man hatte ihnen im Tempel einen besonderen Ort zugedacht! Es hing nämlich, noch vor den einzelnen Stollen, eine Art Schranke, ein breites, steinernes Trumm, das an eine Barriere, vielleicht einen Lettner erinnern mochte, den man nur sehr weit hochgehängt, trotz seiner gewaltigen Schwere am Gewölbe befestigt hatte. Harmonisch aber dort eingefügt, schmiegte sich der gewaltige Klotz so elegant an die Decke, als wäre er nahezu schwerelos, ja würde der Lettner fast schweben. Auch wurden die seitlichen Stützen, sie trugen ja schließlich das riesige Ding, dennoch so schlank und fein ziseliert, dabei zugleich doch ganz unauffällig, daß ihre Ornamente, mit rankendem Geäst aus den Wänden geradezu zu wachsen schien. Vom Boden des Tempels weit abgehoben, wurde der Lettner zunächst von den Handwerkern gar nicht bemerkt. Doch paßte eine jede Tafel, die sich an Größe und Gewicht kaum merklich unterschieden, doch haargenau in drei Nischen, die sich am vorderen Lettner befanden. Dort lagen sie im Zentrum, erschienen wie ein Wächter über die unteren Stolleneingänge. Im Grunde war ja der Tempel, sein Grundriß, die ganze Einrichtung, dies wurde immer nur deutlicher, genau auf die Tafeln ausgerichtet. Der Zustand des Lettners verriet aber, sie waren dort niemals zuvor. Dann hielten sie in ihrer Einfassung doch nur durch ihr bloßes Gewicht; und blieben, nachdem man sie eingehoben, auch dabei störten die Brüche kaum, dort felsenfest verankert, durch niemanden mehr herauszulösen.

Zum Lesen der Tafeln, zu ihrem präzisen Verständnis, war allerdings noch etwas anderes nötig: Aus einem schmalen Schacht, den man sehr leicht übersehen konnte, ich hatte seinen Einlaß von oben doch niemals bemerkt, fällt mitunter noch Licht auf eine der steinernen Tafeln. Nur zu einer bestimmten Zeit, die mitunter in jähem Rhythmus wechselt, der natürlich jahreszeitlich sehr unterschiedlich ausfallen kann, darüber ist sich die Forschung noch immer nicht restlos gewiß, der Mond mag dabei eine Rolle spielen, sind die Tafeln denn überhaupt lesbar. Es werden in solchen Momenten, die aber gar nicht so selten sind, von einem schmalen Strahl, der wie gebündelt erscheint, die einzelnen Kapitel und Abschnitte regelrecht abgetastet, vom Sonnenlicht die Leserichtung vorgegeben, ja förmlich von ihr vorgelesen.

Ungezählte Tage bin ich nun selbst dort unten gewesen, während das zarte Licht geheimnisvoll auf den Steintafeln tanzt, habe mit den Schriftgelehrten mögliche Lesarten durchdiskutiert. Im Laufe der Zeit ergab sich jedoch, daß der Text geradezu wimmelt von sprachlichen Überlagerungen, neuen Vokabeln und Schreibungen, die in sehr viel frühere Stellen geschickt interpoliert worden waren, oft gar keinen Sinn ergeben, tatsächlich jedoch ein integraler Bestandteil seiner gesamten Bedeutung sind, der Schlüssel zu seinem Geheimnis.

So stellte sich bald auch die Frage, ob zumindest eine der Tafeln, bestand sie doch fast ausschließlich aus Flüchen und Verwünschungen, nicht eine gewichtige Warnung enthalte, an dieser Stelle zu graben. Wir nannten sie „die Eine", weil eine Überschreitung wohl einmalige Konsequenzen hat. Die zweite erschien uns wohl eher „neutral", rief die wichtigsten Götter herbei, beschwor auch manchen Dämonen, bei magischer Zuhilfenahme des übermächtigen Mondgottes, der nun allerdings gerade erst die Sonne erschaffen hatte; während die letzte der Tafeln, voll göttlichem Lobgesang, wir nannten sie „die endende", schon geradezu einen Aufruf enthielt, an dieser Stelle zu graben.

Doch wurde die Lesung der ersten Tafel, der sogenannten „Einen" sehr bald schon in Zweifel gezogen. Unter der Zuhilfenahme einer etwas simpleren, viel jüngeren Grammatik nun vollkommen anders interpretiert. Die ursprüngliche Lesung sei viel zu rasch erfolgt, ja leichtfertig geschehen, verkündeten bald Koryphäen, wichtige Gelehrte. Sie waren alle höchst angesehen. Es handelte sich hier um Wissenschaftler von internationalem Ruf. Die allerdings jene Tafeln doch niemals persönlich in Augenschein nahmen. Sie wußten jedoch ganz genau, bescheinigten und konstatierten, wir hätten fast alles falsch gemacht. Eine Fraktion von Schwarzsehern habe sich der Tafeln bemächtigt! Die Presse hat sie dann entsprechend zitiert. Und so gelangten die Tafeln zum ersten mal auch in die Schlagzeilen. Es sei daran gar nichts beunruhigend, noch gebe es einen Anlaß zu irgendwelcher Besorgnis. Unter strenger Berücksichtigung von wissenschaftlicher Archäologie und allgemeiner Denkmalspflege sei eine Grabung, die unter meinem Haus geschieht, tief in die Gänge hinein, durchaus jedoch zu verantworten, nein, unbedingt zu empfehlen! Kein Mensch hätte zu jener Zeit im mindesten gedacht, bestimmt nicht ernsthaft erwogen, noch nicht einmal geahnt, welches Ausmaß die Grabung am Ende wohl einnehmen wird.

Der eigentliche Grabungsbeginn war allerdings weit weniger spektakulär, als man es sich vielleicht vorstellen mag. Ich hatte nämlich mit dem Gerät, das mir selbst zur Verfügung stand, mit einfachsten Schaufeln und Spaten, ohne Entscheidungen abzuwarten, hier und dort Erde weggekratzt, die übrigens von einer rötlichen Farbe, an einigen Stellen fast blutrot anlief; in einem der Gänge, die offen, ja unversiegelt, vor dem Erdreich lagen, vielleicht einen halben Meter gegraben, doch kaum Interessantes gefunden, keinesfalls jedoch etwas, das mit den Tafeln in irgend einer Verbindung stand, womöglich gar konkurrieren könnte. Im Grunde gab es nur weiße, äußerst bläßliche Würmchen, die sich unbegreiflich lang, wie unter Schmerzen windeten, wenn man sie mit dem Spaten durchstach.

Abgesehen von diesem, meinem einzigen Grabungsversuch, begann sich die Sache, der eigentliche Grabungsbeginn, allmählich jedoch in die Länge zu ziehen, ja drohte schließlich ganz einzuschlafen. Zwar war sich das Gros der Schriftgelehrten in der Bedeutung der Tafeln längst einig. Die wenigen, welche „die Eine" einst warnend in die Höhe hielten, tatsächlich noch den Lichtstrahl auf der Tafel vor

Augen hatten, waren fast völlig verstummt. Der Lächerlichkeit preisgegeben, scheuten sie die Öffentlichkeit. Doch zeigte sich der Hader der höchst objektiven Wissenschaft allmählich von einer ganz anderen Seite: Die Schaffung von neuen Ämtern, großangelegten Institutionen, überhaupt die Verteilung der Pöstchen, wollte nicht recht gelingen. Es besitzt nämlich die Wissenschaft an sich keinen inneren Antrieb. Und wenn nicht der Anstoß „von außen", aus einer ganz anderen Richtung gekommen, wäre die ganze Grabung vermutlich im Sande verlaufen.

Es zeigte sich aber schon bald, daß aus den zahlreichen Schriftgelehrten einer bei weitem herausragt, den man Tschiél genannt, der einem Orden angehört, dessen Hauptsitz sich übrigens ganz in der Nähe befand. Man kann es nicht wirklich ein Kloster nennen, ein Orden jedoch, der für alle Menschen unbedingte Buchstabentreue lehrt. In diesem Sinne könnte man sagen, Tschiél war ein Mann der Tat.

So kamen jene Ordensmänner, sie trugen ein schlichtes Schwarz, zumeist in der Nacht in mein Haus. Es macht ja in der Dunkelheit dort unten auch gar keinen Unterschied. Mit winzigen Lämpchen und einfachstem Werkzeug ausgestattet, schaufelten sie unaufhörlich und sorgten auch für den Abtransport des Erdreichs. So kamen sie wie die Heinzelmännchen fast jede Nacht zu mir, gruben und schafften die rote Erde hinauf. Sie fanden im Grunde sehr wenig, ganz sicher aber nichts, was den erheblichen Aufwand am Ende vielleicht sogar rechtfertigt. Auf diese Weise entstanden jedoch die ersten, zu jener Zeit noch nicht so bezeichneten „Höhlungen".

Es war ja wohl nicht zu verhindern, und Tschiél hat es nie zu verbergen versucht, daß jene Schufterei, das Kommen und Gehen der Ordensleute, welches nun freilich unterirdisch schon einen breiten Raum einnahm, im Laufe der Zeit in der Nachbarschaft ein gewisses Interesse erweckt. Ja etliche begannen schon, es argwöhnisch zu betrachten. Man wurde jedenfalls aufmerksam, und langsam begann die Öffentlichkeit jene Betriebsamkeit tatsächlich auch wahrzunehmen. Es ist ja an sich schon erstaunlich, daß eine kleine Gruppe, die dem gewöhnlichen Menschen vielleicht etwas zu esoterisch erscheint, eine so wichtige Arbeit nun praktisch im Alleingang beginnt. Auf ein solches Projekt, das weltweit wohl einmalig ist, im Grunde in einem Akt der bloßen Anarchie, einen entscheidenden Einfluß zu nehmen, war allerdings schon bemerkenswert. Die Presse jedoch überraschte mich, berichtete höchst positiv, war durchaus auf Seiten von Tschiél. Die Grundsätze und Ansichten, die Tschiél schon seit langem vertrat, seien doch allesamt humanitär, es gebe da gar keinen Grund zur Kritik. Zwar fand Tschiél wohl in jener Zeit; vielleicht sogar noch etwas früher, nur einen einzigen Finanzier, der allerdings in seinen Möglichkeiten alle anderen weit übertraf. Unter solchen Umständen, die Tschiél natürlich begünstigten, war es ein Leichtes für ihn, der Grabung in seinem Orden den absoluten Vorrang zu geben. So rief er die willigen Helfer zu gnadenlosem Einsatz auf! Sie lebten zwar für ihren Orden allein, bekleideten aber auch außerhalb ihrer heiligen Bruderschaft oft wichtige Positionen, blieben dabei jedoch ungenannt, stets vollkommen anonym.

So trieb Tschiél seinen Orden an, ließ unerbittlich graben. Dies kann jedoch jene Entwicklung, den Wandel im Charakter der Grabung, die ungeheure Geschwindigkeit, mit der sie immer weiter wuchs, bald krebsartig zu wuchern begann, nur ungenügend erklären.

Ich kann mich an diese Zeit, die eigentlich entscheidenden Jahre, noch immer ging die Grabung von meinem Keller, dem Eingang meines Hauses aus, das ich dann schließlich für immer verließ, doch kaum mehr so richtig erinnern. Es ging etwas in meinem Kopf herum, ich finde dafür keine Worte. Es trieb mich wohl eine Ahnung. Denn jenes seltsame Ding, es hing an meiner Kellerdecke, und das mir kein Mensch je geglaubt, die Handwerker allerdings ausgenommen, verdirbt mir noch heute den Schlaf. So fand ich mich in der Grabung, die man inzwischen zur „Höhlung" erklärt, doch immer schlechter zurecht. Im Grunde blieb ich wohl etwas verwirrt, ein schrulliger Außenseiter, wußte mit der Grabung doch eigentlich nichts anzufangen

Eines Tages sprach ich mit Tschiél. Eigentlich niemals auskunftsfreudig, hörte er sich meine Fragen zwar an, bezüglich meiner Sorgen jedoch zeigte er kaum Verständnis. Ich fragte nach den Gründen, dem ungeheuren Ausmaß der Grabung, nach den wirklichen Zielen. Er konnte oder wollte mir keinerlei Auskunft erteilen. Nachdem ich ihn gebeten, bei etlichen Gelegenheiten schon nahezu angefleht, gab er mir schließlich sein Einverständnis, diesen Ort in der Tiefe, den wir allmählich doch künstlich erschufen, auf einige Zeit zu verlassen. Es sollte die einzige Ausnahme sein, wurde sonst niemand erlaubt. Dann ließ ich mir jenen Urlaub, es war eine große Enttäuschung, von Tschiél wohl noch einmal verlängern. Doch bin ich mir längst nicht mehr sicher, ob ich ihn ganz allein oder mit einem Freund verbracht, wohin ich denn gestiegen, wie ich denn überhaupt in jene Welt gelangt, die uns heute so fern und unheimlich erscheint. Wo bin ich denn nur gewesen? Alles war dort so verändert, als ob diese Unkenntlichkeit ja geradezu das Ziel gewesen. Ich habe dort nichts wiedergefunden, weder einzelne Orte, noch irgendwelche Menschen. Doch gelbliche Schwaden, ein undurchdringlicher Dunst verhüllte den Himmel, die Sonne erstrahlte kaum einmal. Irgend etwas hatte sie in ein bleiches Grün getüncht. Die Menschen verließen kaum noch ihr Haus. Nachdem ich aber zurückgekehrt, begann ich die Grabung nun allerdings mit wesentlich anderen Augen zu sehen:

Wie hatte sich alles verändert! Nichts war wie einmal es gewesen: Riesige Geschäfte und endlose Einkaufsstraßen erstrahlten in künstlichem Licht von größter Helligkeit. Menschen gingen umher, die gar nicht mehr zu graben schienen, nein, als würden sie richtig hier leben, haben sie sich fest eingerichtet, Wohnungen erbaut und gehen nun jeden Tag ins Büro. Fast überall herrschte ein reger Verkehr. Auf frisch gereinigten Wegen gingen unzählige Alte, liefen vereinzelt schon Kinder, die alle hier geboren wurden. Nirgends fehlte die Straßenbeleuchtung, strahlten gewaltige Scheinwerfer, die ständig dafür sorgen, daß man die Menschen mit Licht versorgt, ringsherum, von allen Seiten, gespenstisch hell beleuchtet.

Alles erschien mir so neu. Am Rande der riesigen Höhlung gruben nun vollkommen Unbekannte, die auch das ernste Schwarz des Grabungsordens gar nicht mehr trugen. Wie froh ich doch war, wenigstens an diesem Ort einen alten Bekannten zu treffen, genau an dem Grabungsende, wo sich das Erdreich, wie damals vor den Gängen des Tempels, wieder dichter zusammendrängte. Ich glaube, er hieß Peter. Seine natürliche Heiterkeit machte ihn allseits beliebt. Und wie er mitunter noch lachen konnte, zumindest wohl in der Anfangszeit.

Im Grunde war es meine Schuld, daß Peter sich bald zu verändern begann. Ich habe wohl alles zu ernst genommen, machte ihn auch viel zu oft auf einen bestimmten Mann aufmerksam, der hier doch gar nichts zu suchen hat. Zumindest dachten wir so. Nur tat er tatsächlich dasselbe wie all die anderen neben uns: In vollständiger Hingabe an der gewaltigen Höhlung zu schuften. Ich traute meinen Augen kaum, doch war sein Gesicht zu markant, die Züge so scharf geschnitten, daß man am Grabungsende, trotz aller Dunkelheit, ihn zweifelsfrei erkennen konnte. Dazu brauchte ich keine Fotographie, noch irgend eine Gedächtnisstütze aus der verflossenen Obenwelt.

Es fällt mir bis heute nicht leicht, mir so etwas einzugestehen, es wirklich zu bekennen, wie sehr ich ihn einst wohl bewundert, und kann es doch nicht bestreiten: Ich habe diesen Künstler, grotesken Zeremonienmeister des absolut Negativen ja beinahe schon geliebt. Es war der berühmte Hackett! Wir gruben ganz nahe bei ihm, im selben Planquadrat, bewegten zumindest den Spaten wie all die anderen auch, ließen jedoch im Gegensatz zu ihnen das Erdreich einfach liegen. Sein streng gescheiteltes Haar, die wild entschlossene Miene, die niemals auch nur den Anflug eines Lächelns duldete, machten ihn so unverkennbar. Ein einziges mal in jener Zeit, die einfach nicht vergehen wollte, ließ Hackett sich herab; für einen winzigen Augenblick durch irgend etwas abgelenkt, verlor er die innere Spannung, vergaß seine eiserne Disziplin, und warf einen Blick beiseite, ja schaute verächtlich zu uns. Hier in der tiefsten Dunkelheit, dem äußersten Ende Grabung, erschien uns sein Blick noch bedrohlicher. Dafür war er so berühmt. Denn niemand schien ihm gewachsen. Ein Mensch, der einfach alles und jeden von Grund auf verachtet. Ein Vorbild vor allem der Jugend! Wir wunderten uns dennoch, daß Hackett hier eingesetzt wird. Selbst schultert er einen gewaltigen Sack, schleppt ihn durch ein weites, für ihn viel zu fruchtbares Tal, gelangt so schließlich zur Erdoberfläche. Wie überall war er hier fremd. Die Wüste war wohl das einzige, worin er sich heimisch gefühlt, das er vielleicht sogar heimlich geliebt. Doch zeigt sich auf seiner Stirn, die hoch und edel gewölbt, selbst bei größter Anspannung kein einziges Tröpfchen Schweiß, noch gab es irgendein Anzeichen von physischer Erschöpfung. Sein Wille erschien uns schier grenzenlos, ja beinahe schon göttlich. Mit äußerster Gelassenheit, von allem unberührt, arbeitet er ohne Unterlaß, schien dabei im Grunde genommen doch nur zu funktionieren. Ein Rädchen im Getriebe, das sich vielleicht zu sehr angepaßt, doch von den armen Teufeln um ihn, die davon gar nichts wußten, nur noch mehr angeekelt. Wir blickten ihm oft lange nach. Die hagere Gestalt wanderte wie ein Gespenst, ein schmaler Schatten, schließlich nur noch ein Bleistiftstrich die staubige Strecke entlang, die nach ihm nur noch leerer erschien, von allen Dingen beraubt, der künstlichen Sonne entgegen, die seltsam verhüllt und ohne einen Horizont wie unter Schmerzen zu strahlen schien. Selbst Peter, er wurde in jener Zeit doch eigentlich nur immer stiller, sollte sehr bald schon auf ewig verstummen, erschien mir etwas erstaunt, ja eigenwillig berührt, und irgendwie auch beunruhigt von diesem Erscheinen Hacketts. Sogar der berühmte Hackett, dem keiner je genügt, kein Mensch hat ihn je interessiert, arbeitet nun fanatisch an der gewaltigen Grabung! Bald bringt er seinen Rucksack, den er unendlich leer gemacht, zurück an das Grabungsende, beginnt seine Arbeit erneut.

So zeigten sich am Grabungsende, das sonst so wenig zu bieten hat, es gibt ja nichts Interessantes, nur auszuhöhlende Erde, noch weitere Persönlichkeiten und zahlreiche Prominente, oft weltberühmte Gestalten, die in der höheren Welt doch häufig Antagonisten waren; hier in stiller Eintracht jedoch Sack auf Sack bereitwillig nach oben trugen. Es sind oft berühmte Namen, die sich nicht alle hier auflisten lassen: Schriftsteller und Politiker, Feldherren und Maler, ja schließlich sogar Philosophen und etliche Ideologen.

So trieben sie neue Schächte tief in die Erde hinab. Und trotz der verwirrenden Anzahl und Vielfalt aller Gänge folgten die Stollen doch einem Plan. Denn ganz bestimmt nicht für sich allein, als isoliertes Einzelprojekt, wurden jene Durchbrüche sehr bald miteinander verbunden. Ihr Ziel war eine einzige, vollkommen neue Welt; eben jene Höhlung, die wirklich alles und jeden am Ende vereinigen soll.

So zog ich mit meinem Freund Peter nun lange Zeit umher. Es waren gespenstische Wanderjahre. Er hatte inzwischen das Sprechen verlernt, es willentlich wohl aufgegeben. Über seine Lippen kam nie mehr ein einziges Wort. So schliefen wir meist auf der Höhlungsfläche, dort draußen, wo künstliche Felder durchflutet sind von einem endlosen Licht, das bei den meisten nur leider verhindert, daß sie überhaupt etwas sehen. Man findet auch schlecht in den Schlaf, der keine Träume mehr duldet. Und dennoch waren wir privilegiert, mußten nicht den ganzen Tag auf diesen gewaltigen Feldern, in jenem schrecklichen Licht auch noch schuften.

So blieb ich im Grunde ein Günstling Tschiéls, von allen Diensten und Pflichten, der täglichen Fron, die andere zu leisten hatten, doch nahezu enthoben. Viel Zeit war mir also geschenkt, auf ausgedehnten Wanderungen die Höhlung zu erkunden, ihr Wachstum, das man stets Fortschritt nennt, in Ruhe zu betrachten. Doch außerhalb des Grabungsendes, dort wo die Höhlung dem Auge so gnadenlos offen liegt, im Licht all der schrecklichen Scheinwerfer, fand ich nur selten jemand, der mir interessant erschien.

Dies sollte sich aber noch ändern. Doch bis wir auf ihn stießen, den viele dann später den Heiland genannt, folgte noch einige Zeit. Wir wanderten fast ständig durch ein breites, frisch ausgehobenes Tal. Nachdem dort die Grabung beendet, wurde dieses Gebiet jedoch von jeder Besiedlung ausgeschlossen. Dies war zuvor noch niemals geschehen. Vom Rest der Welt abgeschnitten, blieb dieses Tal sich selbst überlassen.

Wir traten fast ständig auf weglosen, nackten Fels. Er würde niemals fruchtbar sein, ihn Erde wohl jemals bedecken. Dafür wurde er nicht geschaffen. Und dennoch fühlten wir uns hier sehr wohl. Zu beiden Seiten der Ebene ließ sich der Horizont der Grabung, wo sie denn eigentlich endet, noch nicht einmal erahnen. Für uns eine große Erleichterung. In dieser riesigen Wüstenei bekam man schon bald das Gefühl, der Grabung fast völlig entronnen zu sein. Doch dafür mußten wir dürsten. Ohne eine Wasserstelle, von Brunnen ganz zu schweigen, wir haben auch nie eine Pfütze gesehen, gab es dort keinerlei Wasser, nicht einmal den geringsten Tropfen, den man vielleicht trinken kann. Nur hat uns dies bald nichts mehr ausgemacht. Wir hatten den Durst verlernt, überhaupt keine Idee mehr vom Trinken. Nur so konnten wir überleben. Doch war in dieser Ödnis, den Menschen und Dingen so wohltuend fern, die Luft oft von etwas erfüllt, ein süßlicher, ekliger Hauch, der am Gaumen klebt und den man schlecht beschreiben, doch umso schwerer ertragen kann. Denn ganz allmählich nur kriecht dieser üble Gestank in die Nase. An manchen Orten des weiten Tals, die meist aber zerstreut und ziemlich abgelegen, verwesten wohl immer noch Leichen. Die Grabung zu vollziehen, das hieß eben leider auch ganz konkret, sie bis zum letzten Akt auszuführen. Den armen, geschundenen Teufeln, sie waren noch die klügsten und wohl auch die gesündesten, hatte man befohlen, hier mit bloßen Händen zu schuften. Mit winzigen Schaufeln erschufen sie eine gewaltige Fläche. Sie opferten nicht die Gesundheit allein, bezahlten doch fast ausnahmslos mit ihrem eigenen Leben. Nachdem sie so viele Jahre sich tief in die Erde gearbeitet, waren sie doch ausgelaugt, ja nahezu verbraucht. Man hielt sie im Grunde für überflüssig. Sie nutzten ja auch in der Grabung nichts mehr und störten nur die Ruhe in diesem gewaltigen Schutzgebiet. So gruben sie schließlich ihr eigenes Grab, das nicht einmal über sie zugeschüttet.

Und weil hier keiner mehr lebt, konnte man auf Scheinwerfer auch ganz und gar verzichten. So herrschte fast überall Dunkelheit. Die Augen haben viel Zeit, sich endlich auszuruhen, sich wirklich zu erholen. Es war eine wilde Finsternis, die weder Baum noch Grashalm kennt, nur bitterhartes Gestein; ein riesiges Plateau, das wie aus einem Stück geschlagen, fast überall jedoch eingeebnet, ganz sorgfältig planiert worden war. Aus der Ferne leitete uns ein schwaches, mattes Licht, das vor dem künstlichen Horizont in einem metallischen Glanz erstrahlt. Und täglich schimmerte dieser Kranz ein kleines bißchen heller. Hinter einem kahlen Berg, an den wir nach Wochen erst kamen, erstrahlte nämlich das Licht ungezählter Scheinwerfer. Ein sicheres Indiz für eine menschliche Ansiedlung.

An jenem kahlen Berg, unter einem Felsvorsprung, den nach vollzogener Grabung fleißige Hände blank poliert und immer schärfer herausmodelliert, er lag an dem einzigen Paß, begegnete uns der weise, in späteren Jahren doch alles beherrschende Ätztin. So kahl aber der Fels nach der gewaltigen Ebene, die keinen Himmel mehr duldet, von allen Dingen entleert, war es doch für Ätztin genau die passende

Rednertribüne. Er sollte in späteren Jahren sogar den Anführer Tschiél bei weitem noch überragen:

Mit ernster Stimme und einem dunklen, unheimlichen Pathos schwärmt Ätztin von einer Welt, die sich ständig verändert, ja schließlich auch verändern muß; spricht von seiner „gewaltigen" Lehre, daß etwas nämlich nur wahr sein kann, wenn man es ganz pflichtgemäß einer Prüfung unterzieht, die natürlich akribisch, ganz rücksichtslos und ohne jede Schonung mit allen Dingen geschehen muß, was jedoch in der Mehrzahl der Fälle zwangsläufig zu ihrer Zerstörung führt. Dies sei ohnehin unvermeidlich.

Er haßte die Illusionen, hatte sie alle so satt! Es gebe doch gar keine Obenwelt! Sie sei tatsächlich nur eingebildet und eine gefährliche Wahnvorstellung der Dummen und der Alten. Die so etwas behaupten, sind allerhöchstens minderwertig oder einfach nur reaktionär. Wer in der Höhlung lebt, der sogenannte „Untenmensch", sei in Wahrheit der „Obenmensch"! Die Ränder der Höhlung, der künstliche Himmel, die niemals erscheinende Sonne, seien die reinste Einbildung, höchst bösartige Erfindungen, mit denen es den Untenmenschen tatsächlich aber gelingt, sich als Obenmenschen nur immer besser zu tarnen, ja ständig neu zu maskieren. Es sei wie immer ihr heimliches Ziel, uns rücksichtslos zu unterwerfen, auf hinterhältige Weise, doch ohne daß wir es merkten, nur unaufhörlich zu unterdrücken.

Die Existenz einer Obenwelt sei eine solche Lüge, mit der man uns zu gängeln und auszubeuten versucht. Wir könnten daher nur Freiheit erringen, wenn wir an der Grabung ganz unerbittlich und selbstlos, ja völlig fanatisch weiterarbeiten!

Wie alle wirklich Großen im Grunde ein Einsamer sprach Ätztin auf seinem Berg, der kaum mehr als ein Hügel war, den man künstlich aufgeschüttet, doch vorerst nur vor einem

Stummen, meinem Freund Peter, und mir. Wir waren die einzigen Hörer, doch Ätztins Reden sollten wohl niemals mehr enden. Es war seine Art sich in Schweigen zu hüllen und deshalb war der Monolog auch seine einzige Lebensform. Dies sollte sich auch nicht mehr ändern und dennoch störte es kaum. Der überaus weise Ätztin bekam bald ein riesiges Publikum. Der stille Finanzier von Tschiél und Unterstützer von Hackett hatte ein neues Talent entdeckt, nahm ihn unter die Fittiche, so hörte ich später gerüchteweise. Im übrigen hatte Ätztin denselben stechenden Blick wie der berühmte Hackett, nur war seine Haarpracht pechschwarz geblieben, mit herrlich wirren Locken; die Augen wohl noch etwas finsterer, nun wirklich in der Lage alles und jeden fast kinderleicht auseinanderzunehmen, ganz mühelos zu zerlegen. Davon, wieder etwas zusammenzusetzen, war ohnehin nie die Rede. Also sprach Ätztin noch ewig, was man nun alles verachten und wen man noch mehr hassen soll.

Während Ätztin redete, redete und redete, wurde es mir in der Höhlung, die allerdings längst unentrinnbar, vor jener unendlichen Weite, allmählich doch etwas zu „eng". Und früher hätte ich sicher noch irgendwie zu entfliehen gewünscht! Dies war zu jenem Zeitpunkt nun allerdings ganz ausgeschlossen, nein, eigentlich völlig undenkbar. Was mit dem Gedanken nach Flucht nur irgendwie verbunden, man hatte es nachhaltig ausgelöscht. Wörter wie „Ausgang" und „Pforte", selbst „Tür", wurden still und leise auf den Index der „auszumerzenden" Wörter gesetzt. Dies ist allerdings schlecht gesagt, höchst vage formuliert. Denn jener Index war „unsichtbar". Die Wörter existierten nicht mehr. Mit ihnen verschwanden die Dinge und ebenso geschah es umgekehrt. Ansonsten war alles anzweifelbar, im Grunde genommen nichts sicher. Denn Ätztin ließ zur Sicherheit

Gewißheitzerstörungsmaschinen in jedem Wohnzimmer aufstellen. Und die funktionierten ganz prächtig.

Bald gab ich die Gewohnheit auf, wie früher aufs Geratewohl, fast planlos umherzustreifen. Auch war mir mein Peter abhanden gekommen. Doch damit nicht genug. Auf Sicherheit bedacht, man wird ja auch schließlich nicht jünger, zog ich es vor, mir in der gewaltigen Höhle, die man doch längst schon zur „Festung" erklärt, eine dauernde Bleibe zu suchen. Auf Streifzügen, die immer kürzer wurden, bald sind es wohl nur noch Spaziergänge, fand ich in einem bestimmten Gebiet, so etwas hätte früher vielleicht sogar ein „Land" genannt, vereinzelt aber noch Menschen, die man nach früherem Sprachgebrauch vielleicht als „Freunde" bezeichnet hätte. Man sollte mit solchen Begriffen nun allerdings sehr vorsichtig sein, sich vorher genau überlegen, was man mit wem bespricht, denn all zu leicht gerät man in den Verdacht, sich schändlicher Wörter zu bedienen, ein sprachlicher Reaktionär, ja letztlich ein Feind der Freiheit zu sein. So wurden die Wörter reglementiert, unendlich viele ausgemerzt. Sie stören den heiligen Freiheitskampf. Und werden sie dennoch ausgesprochen, droht von Ätztins Streitern nun allerdings viel Ungemach. Von Ätztin immer nur angestachelt, benötigt ihr Haß schließlich ein Ventil. Dann werden sie allerdings unfreundlich. Es sind solche Wörter wie „Liebe", „Freundschaft" oder auch „Gott", die sie so sehr in Rage bringen. Wenn Ätztins Eiferer so etwas hören, ist man ihnen ausgeliefert, sozusagen vogelfrei. Man wird auf der Stelle ganz fürchterlich bestraft. Doch wer es darüber hinaus sogar wagt, verstößt in aller Öffentlichkeit gegen solche Verbote, dem steht eine Orgie obszöner, brutalster Gewalt bevor. Ein Ende solcher Qualen ist eigentlich gar nicht mehr abzusehen. Weil Ätztins Lehren strikt angewandt, ist der Staat nämlich abgeschafft, lebt man in einer Welt, wo jeder der Feind des anderen, und keiner dem Nachbarn mehr helfen darf.

So hatte ich aus jener Zeit, als die böse Untenwelt noch eine Obenwelt war, fast alle Kontakte abgebrochen und irgendwie waren sie alle verschwunden, hatten sich „in Luft" aufgelöst. Es sind ja schon längst unaussprechliche Wörter, „Vater", „Mutter", „Familie", „Verwandte", kurz alle gewachsenen Bindungen. So war mir mein „Damals" abhanden gekommen. Noch kannte ich von früher einen recht komischen Kerl, er hatte sich meinem Gedächtnis auf unerfindliche Weise tatsächlich am längsten bewahrt, – der liebe, nette Herr Scht. Vielleicht war es nur seine Lieblingsidee, eine persönliche Wahnvorstellung, die ihn mir so sympathisch macht: Scht stellte sich am liebsten vor, ja wünschte sich so sehr, das Wachstums der Höhle, unserer „Welt", die allerdings seit Grabungsbeginn, so pflegte er zu sagen, „in Scheibchen zerschnitten fortwährend auseinander klafft", daß eben jene „Entwicklung" vielleicht eines Tages zu bremsen, womöglich gar zum Stillstand zu bringen. Ein überaus frommer Wunsch, der durchaus auch meiner Empfindung entsprach. Scht hoffte so sehr, daß ein Wunder geschieht! Und manchmal, da wurde er übermütig, zerrte an meinem linken Arm, kam viel zu nahe heran, zog seine Lippen an mein Ohr; nicht ohne sich vorher umzuschauen, noch einmal nach links und nach rechts zu blicken, ganz ängstlich den Kragen hochzuklappen, ungewöhnlich tief einzuatmen, die Luft sehr lange anzuhalten, entsprechend lang auch zu seufzen, um mir schließlich, mit vorgehaltener Hand, kaum hörbar etwas zu flüstern, ein einziges Wort, er sprach es immer wieder, daß es sich schließlich so anhörte, und immerfort wiederholte er es, als ob er tatsächlich bete, diesen einen Namen nennt, der ihm vielleicht noch geblieben. Ich bin mir aber nicht sicher, ob Scht intelligent genug war. Er hörte zwar Ätztins glühende Reden mit einem gewissen Unbehagen, doch fehlte ihm die innere Kraft, vermutlich wohl auch die Phantasie, sich wirklich einmal aufzuraffen und seinen Worten auch ganz zu mißtrauen.

Man sollte wohl nur dem Gemüt vertrauen. So habe ich jenes „Erlebnis", es stand ganz am Anfang der Grabung; es mag wohl ein wenig kitschig klingen, doch tief in meinem Herzen bewahrt. Nur dort gibt es jenen Ort, wohl nirgends einen anderen, der von dem Bösen vielleicht etwas „weiß".

Kein Mensch hat mir jenes Geschehnis, ja dieses komische Ding, es hing an meiner Kellerdecke, bevölkerte sie auf so seltsame Weise, die Handwerker allerdings ausgenommen, bis auf den heutigen Tag je „geglaubt". Am Ende ist die Welt nur ein Traum, den jemand allerdings träumt, den wir überhaupt nicht kennen. Doch manchmal wacht jemand vorzeitig auf und sieht sich selbst in dem Traum. Und das ist der Alptraum des Bösen. Doch niemand ist in der Lage, so etwas für sich bewußt zu erschaffen. Ich bin mir aber nicht sicher. Wissen wird genommen, Weisheit jedoch wird gegeben. Nur eines weiß ich genau: Sie sind nicht nur in der Lage, eine Welt zu erschaffen; die Wörter, sie können sie wieder verschlingen. Und wenn man sich dagegen wehrt, macht man doch alles nur schlimmer. Und deshalb glaube ich nicht, daß Ätztin bewußt seine Wörter verdreht. Nur darum sind sie authentisch. Er hat keine Ahnung davon, wie sie denn eigentlich zaubern, nein, wie mit ihnen gezaubert wird. Er wird aber dennoch wissen, ganz sicher ahnt er es, welches Ende er selbst einmal nimmt.

Und dennoch wagte es einer, der letzte Mathematiker, von dem man noch sagen kann, er habe wohl etwas Begabung, die ungeheuren Erdmassen, die ja in der Obenwelt an unbekanntem Ort so überreichlich aufgeschüttet, ganz still und leise dort schlummern, auf dieser armen Welt tatsächlich so überschwer lasten, doch ziemlich genau zu berechnen. Jener brave Mann hieß Scheef. Ich kannte ihn noch aus der Obenwelt, hatte ihn eigentlich stets für ganz besonders naiv gehalten. Er glaubte wie all die anderen doch felsenfest an alles, was Ätztin so verlautbart. Ansonsten aber vertraute er blind der Wissenschaft und Mathematik. Nur war Scheef von der Sorte Mensch, der gern im Mittelpunkt steht. Er wollte vielleicht auf sich aufmerksam machen. Selbst brennender Ehrgeiz kann jedoch mit einer gewissen Zurückhaltung, ja Schüchternheit zusammen gehen. Ich habe auch gar keine Ahnung, was ihn auf solche Ideen gebracht. Scheef war jedoch nicht lebensmüde. Seine so unerhörten Zahlen, die eigentlich ganz unglaublich sind, er konnte sie aber ganz schlüssig beweisen, gab er auf gar keinen Fall der Öffentlichkeit bekannt. Es wäre auch sicher nicht leicht gewesen, ja ganz bestimmt kein Kinderspiel, so etwas in einem Band, unter eigenen Namen, sozusagen „wissenschaftlich" auch noch zu publizieren. Denn Ätztin mochte die Bücher nicht. Was mit letzter Kraft oft geschrieben, vielleicht etwas holprig und ungelenk, doch ohne die ätztinsche Weitschweifigkeit, noch hier und da in Schubläden lag, befand sich im Grunde in Grabkammern. Gegen den ätztinschen Fortschritt gerichtet, altbacken und reaktionär, waren die Bücher längst abgeschafft, so ziemlich ersatzlos gestrichen. Wobei allerdings die Begriffe, welche für das Verschwinden, ja völlige Absterben stehen, nun selber am Vergehen waren. Weil Ätztin die Bücher nicht liebt, besteht nur mehr die Möglichkeit, seine Gedanken ins „Forum" zu stellen, eine von Ätztins Helfern so streng überwachten „Plattform" für freien Austausch und Information. Gerade in solchen Bereichen, es wurden dafür sogar Steuern erhoben, gab es noch Reste von Staatlichkeit.

So traute sich Scheef nur höchst selten, in kleinstem Kreise das Wort zu ergreifen. Er war aber nicht auf den Mund gefallen! Seine Sicht der Dinge, die eigentliche Lage, er konnte sie unmißverständlich, ja eindrucksvoll beschreiben. Ich hatte durch Vermittlung von Scht, vielmehr eines seiner Bekannten, bei Scheef schließlich einen Platz ergattert. Denn nur vor geladenem Publikum wollte er berichten, den neuesten Stand seiner Forschung uns eingehend erläutern. So hatte ich wohl etwas Hoffnung geschöpft, ging in jenes Treffen doch eigentlich recht optimistisch. Wie war mir aber zumute, als ich die stolzen Männer sah, die sich vor Scheef dort versammelt! In keinem ihrer Gesichter fehlte jener Ausdruck von äußerster Verachtung, Härte, ja Unerbittlichkeit, der sich nur ausbilden kann, wenn man in höchster Stellung nach ätztinscher Doktrin fast ununterbrochen entscheidet.

Um Sachlichkeit bemüht, erläuterte Scheef sein Gebilde von Anfang an sehr nüchtern. Mit monotoner Stimme führte er mehr eine Aufzählung durch, nun allerdings höchst schlüssiger Gedanken. Erst später sollte ich besser verstehen: Er strengte sich so sehr damit an, Gefühle zu vermeiden, redete fast schon entschuldigend, um der scharfen Polemik, die von seinem Publikum nun allerdings zu erwarten war, von vornherein zu begegnen. Wie sehr er sich auch bemühte, sein Unterfangen blieb chancenlos.

Zwar referierte er kühl, blieb stur bei seinem Thema, wirkte von Anfang an jedoch wie ein bißchen verschämt, eigentlich viel zu bescheiden, ja beinahe schon gehemmt. Scheef schaute viel zu oft, fast ganz überwiegend zu Boden. Sichtlich niedergeschlagen, als ob ihn etwas beugt, ein unsichtbarer Faden ihn ständig nach unten zerrt, schien mir der schmächtige Mann zu keinem Zeitpunkt wirklich entschlossen. Dabei waren seine Zahlen überaus beeindruckend, im wahrsten Sinne des Wortes für uns alle niederschmetternd: Die Erdmassen, welche längst ausgehoben, sind bei weitem der größere Teil, den man überhaupt ausgraben kann. Auch wurden sie längst schon nach oben gebracht, es ging ja gar nicht anders. Sie lasten auf der Höhlungsdecke, die gar nicht so dick ist, wie sie erscheint, man eigentlich vermutet. An etlichen Stellen, da blieben nur wenige Meter! Doch wenn man einmal nach oben schaut, – es mag vielleicht etwas lächerlich klingen, ich hatte es mir aber selbst nie erlaubt, aus gutem Grund nicht gestattet, in all den Jahren kaum jemals getraut, doch hatte mir Scht davon vorgeschwärmt, – soll es dem weiten Himmel, fest gefügten Firmament, so wie es früher einmal gebaut, fast zum Verwechseln ähneln. Die Kräfte, welche im Spiel, fuhr Scheef nun jedenfalls fort, grinste mit etwas peinlicher Miene, dort oben nahezu überall, fast jeden Quadratmeter Decke belasten, sind eigentlich kaum mehr vorstellbar. Jene „steinerne“ Kuppel, bei der im Grunde nur etwas Lehm die lose Erde zusammenhält, klebt auf unserer Höhlung schon nahezu wie eine Seifenblase, empfindlich für jede Störung, seismische Anomalie. Es sei nur eine Frage der Zeit, so endete Scheef nun sehr leise, bis sie schließlich zerplatzt, die Höhle kollabieren muß. Tief über sein Tischlein gebeugt, sah man von dem kleinen, bläßlichen Mann kaum mehr als sein schütteres Haar. Und dennoch fügte Scheef noch hinzu, flüsterte nur mehr ganz heiser in Richtung auf sein Papier: Sogar ein Moratorium, mit dem die Grabung aussetzt, auf unbestimmte Zeit verschoben, würde daran nichts mehr ändern. Die riesigen Mengen an Erdreich, wir haben sie selber ausgegraben, sehen wir sehr bald schon wieder!

Ich hatte die Männer im Publikum ein wenig aus den Augen verloren. Ein Blick zu ihnen genügte schon, erschüttert, ja deprimiert zu sein. Es schien von jenen Worten, mehr einer kühlen Bestandsaufnahme, rein sachlichen Berichterstattung, als übertriebenen Panikmache, kaum jemand sichtlich beeindruckt, noch irgendwie betroffen. Wozu jene Herren denn kamen, blieb mir im Grunde schleierhaft. Warum sie den weiten, beschwerlichen Weg zu Scheef denn eigentlich auf sich genommen. Gehörten sie doch fast ausschließlich den herrschenden Kasten an, meist altgediente Honoratioren und hoch geehrte Würdenträger, die oft schon seit Jahrzehnten dem ätztinschen System dienten.

Wie still sie alle waren! Scheinbar in sich gekehrt, schaute anscheinend kaum jemand zu Scheef. Wie über etwas brütend, gab es nirgends Bewegung, entstand auch nicht der geringste Eindruck, als ob jenes Szenario, das Scheef allerdings wohl recht düster beschrieb, wohl irgend jemand angeht, unter Umständen interessiert, womöglich in Erstaunen versetzt, am Ende vielleicht sogar ängstigen kann. Als wären sie beinahe taub, hätten von diesem Thema überhaupt nichts mitbekommen, hörte man nirgends ein Murren, noch sonst ein Geräusch, das vielleicht auf ein Mißfallen, irgend einen Unwillen, bezüglich der scheefschen Kritik nur irgendwie hätte hindeuten können. Und war nicht der Zustand, den Scheef beschrieb, im Grunde genommen katastrophal? Und hatte nicht ein jeder von ihnen, in wichtiger Position, verantwortlicher Stelle ihn eigentlich selbst auch herbeigeführt?

Bezüglich auch ihres eigenen Schicksals wohl ohne jede Illusion kam keiner von ihnen auf die Idee, es wurde auch gar nicht versucht, so etwas wie Empörung irgendwie noch vorzugaukeln; erst recht regte sich kein Protest. Doch so verstand ich allmählich Scheef: Er hatte im Laufe des Vortrags erst recht den Mut verloren! Dabei waren jene doch ausgesucht, bildeten die Höhlungselite, hatten fast ausnahmslos das „Höhlungsinstitut" besucht und höhere Höhlungsstudien betrieben. Der Name jenes Instituts, dies sei nebenbei nur bemerkt, und jener so wichtigen Studien, war eigentlich ein Relikt aus altersgrauer Vorzeit, dem Anbeginn der Grabung und bildete so im Grunde einen gewaltigen Anachronismus. Dies hatte Ätztin übrigens selbst, es gab dazu viele Gelegenheiten, doch immer wieder betont: In der Zeit der Namensgebung regierten noch die „Untenmenschen", erfanden den Namen der „Höhlung", der sich doch eigentlich selber verrät, verschleierten so ihre Machenschaften.

Nachdem Scheef seinen Vortrag so überaus kläglich beendet, herrschte zunächst zwar Stille. Nachdem eine gewisse Zeit verging,wurden lang jedoch Stimmen laut. Die Szenerie belebte sich. Doch anders als ich erwartet, waren jene Träger des ätztinschen Systems noch lange nicht bereit, den Ort nun auch zu verlassen. Sie blieben einfach sitzen, klebten regelrecht an den Stühlen, wurden jedoch ganz allmählich nervös, wippten mit den Füßen, zappelten ganz aufgeregt. Es war wohl nicht das Einzige, was sich in ihnen zu regen begann. Sie schienen ganz plötzlich hellwach.

So schauten sie alle verächtlich zum sichtlich verzweifelten Scheef, weideten sich am Anblick dieses doch völlig „Bekloppten", der mit hängenden Schultern, herabgebeugten Armen und einem verwirrten Gesichtsausdruck doch ziemlich hilflos vor ihnen stand. Fest umringt von den Männern, konnte er gar nicht mehr fort. Auf ihren meist recht schmalen, sehr kantigen Gesichtern zeigte sich nun ein breites, allerdings recht häßliches Grinsen, das bei manchem die Zähne entblößt und gar nicht mehr verschwand. So blieben die Herren im Raum, der übrigens vollkommen fensterlos, kaum irgend eine Einrichtung hatte, durchbohrten den armen, hilflosen Scheef mit ihren düsteren Blick. Er stand wie vor einem Erschießungskommando.

Was hätte wohl Scheef gegeben, nicht alles getan, wenn er die Rede nur rückgängig, ganz ungeschehen gemacht haben könnte? Dies war ihm ins Gesicht geschrieben, und jeder, der um ihn lauerte, spürte es wohl ganz instinktiv. Stumm jedoch, ja schrecklich verängstigt, hatte es ihm den Hals zugeschnürt, sagte Scheef kein weiteres Wort, tat nichts zu seiner Verteidigung.

Betrachtet man aber die Höhlung unter dem Gesichtspunkt von Ätzins berühmter Doktrin, die aus dem Mitgefühl eine der schwersten Sünden, aus der Mitleidlosigkeit jedoch die höchste Tugend macht, zu der sich noch Unerbittlichkeit und absolute Gefühlskälte so herzlich hinzugesellen, dann waren selbst Scheefs Betrachtungen kein hinreichender Grund für irgend eine Gefühlsaufwallung. Geht es nach Ätztins Lehre, dann bleibt dem Weisen doch gar keine Wahl, er hat die Welt zu verachten. Was immer auch geschieht, selbst wenn es zur Gewißheit wird, es hat ihm schlichtweg egal zu sein, nichts darf ihn interessieren, noch irgendwie berühren. So wurde auch mein Optimismus, der überaus verhalten war, ganz zwangsläufig enttäuscht.

So stellte sich nur noch die Frage, warum sie denn eigentlich kamen, jenen Ort besuchten, dort überhaupt erschienen? Kamen sie denn allein, um den vertrottelten Scheef, den todgeweihten Schwächling, wohl endlos lange zu demütigen? Sich an seinem Kummer, der hilflosen Trauer, die ihn wohl zu sehr bewegt, sein starkes Gefühl für Verantwortung, nur inniglich zu weiden, sadistisch zu ergötzen, wie er sich blamiert? Das war aber nicht der einzige Grund. Man sah es in ihren Augen, die vor Haß schon trieften, daß es ausschließlich um Schändung ging. Die Rache an dem hilflosen Scheef, dem todgeweihten Schwächling, war für sie ein heiliger Akt, den sie stellvertretend im Grunde jedoch an sich selbst vollzogen.

Sie halten sich lieber an Ätztins Doktrin, die einfach alles, was lebt, für vollkommen fremd erklärt, bedeutungslos und unvollkommen. Das gibt ihnen jene Sicherheit. So waren sie auch ihrem eigenen Schicksal wohl rettungslos ergeben. Und lag nicht in ihren Mienen von Anfang an, noch vor der scheefschen Redseligkeit, bereits jene Verachtung und wohl durchdachte Gleichgültigkeit, die gegenüber fast allem so überaus überlegen macht? Und fand man nicht fast überall auch jenes so übertriebene Gähnen, das allerdings nicht sehr fein aussieht? Mit einem Maul, das weit aufgerissen, will es provozieren, mag sich gar nicht mehr schließen, hält unverschämt lange an. Daneben zeigte sich häufig jenes allerdings schreckliche Grinsen, das in den Mienen wie eingemeißelt, angefüllt mit Ekel und jener unendlichen Langeweile, die aber auch das einzige darstellt, was in solchen Menschen als „tief" empfunden bezeichnet werden kann. Diese unendliche Müdigkeit war in ihnen längst „fleischgeworden", verband sich mit dem innigen Wunsch, der unstillbaren Sehnsucht, der menschlichen Existenz am besten hier und heute, überhaupt und grundsätzlich ein Ende zu bereiten. Bei etlichen von ihnen vermischte es sich bereits mit jenem Ausdruck des Wahnsinns, der das Gesicht zerteilt in eine äußerst traurige und eine ganz verzückte Seite, inmitten es durchschneidet. So etwas sah man sonst nur bei unseren geistigen Führern, genialen Inspiratoren, wie etwa bei Hackett und Ätztin.

So erntete Scheef doch nur Hohn und schallendes Gelächter. Die Männer rückten ihm näher, machten sich einen Spaß daraus, Scheef mit Spott zu überschütten, aggressiv zu beschimpfen, mit zynischen Witzchen, meist abgeschmackten Kommentaren nun unablässig zu quälen. Ein graumelierter Herr, der beinahe noch etwas würdig aussah, sprach ziemlich laut von Scheefs „Märchenstunde". Er habe nur dummes Zeug und krude Theorien gehört, die allesamt von der Wissenschaft doch längst schon überholt worden seien; verfiel dann recht bald in ein Lachen, das allerdings schon sehr verwirrt erschien, sprach nur noch mit sich selbst. Nicht einer von ihnen war in der Lage, noch irgend etwas „ernst" zu nehmen. Sie hatten es völlig verlernt, konnten wohl gar nicht mehr anders. Scheefs äußerst präzise Berechnungen, von jedem doch eigentlich nachprüfbar, im Grunde unwiderlegbar, schien niemand auch nur in Erwägung zu ziehen, zumindest jedoch taten sie so. Selbst die Macht des Faktischen, wenn es doch an Kragen geht, in diesem Fall an den eigenen, vermochte sie zu überzeugen.

Doch plötzlich sprang einer auf, er war besonders hochgewachsen und einigermaßen klar geblieben, und sprach ein berühmtes ätztinsches Wort, das wie alles andere, nur mündlich überliefert; etwas aus seiner Bibel, dem Höllenbuch der Ewigkeit, das aber niemals zu drucken, bestimmt auch nicht zu lesen sei; von uralter Weisheit getrieben, und nur die tiefste Wahrheit verkündend:

Erst neulich, auf einem Festbankett, habe Ätztin sich selber zitiert. Er lud nur die Elite, seine Allerbesten zum Mahl, mit denen er alles erkämpft. Und wieder spielte er darauf an, bekannte sich von neuem: „wer mit mir seine Hände in dieselbe Schüssel taucht, wer mit mir die Nahrung teilt, der muß mich am Ende verraten!"

Mit diesem tieferen Sinn änderte sich bei fast allen schlagartig der Gesichtsausdruck. Bei manchem entstand fast ein Lächeln. Der Alte redete weiter, sprach vom Idealismus, der ätztinschen Humanität und unbedingten Menschenliebe, von unserem Heiland und Retter! Da wurden sie wieder ganz sanft und gingen sehr bald aus dem Haus. Doch gerade in jenem Moment, bevor er dies alles gesagt, steigerte sich in ihnen, jener Horde von Leistungsträgern, die allgemeine Wut zur höchsten Aggression, bestand wohl tatsächlich die Gefahr, daß sie fast augenblicklich, noch an Ort und Stelle, sich an Scheef vergehen, nur mit ihren Fäusten bewaffnet, den unerhörten Feigling an Ort und der Stelle erledigen würden.

Doch leider betraf diese Gutgläubigkeit, dies unbedingte Vertrauen in alles, was Ätztin uns erzählt, nicht nur die Führungselite. Er blieb in Kontakt mit „den Menschen". Denn sprach er nicht mit jedem und jeder doch mit ihm? Auf eine ganz besondere Weise war er wohl der Einzige, der sich mit den Menschen tatsächlich noch unterhielt. Es gab außer ihm sonst wohl keinen. Sein „Weltbild", das aus dem Höhlungsbewohner im Grunde einen Heroen macht, war für alle fast selbstverständlich, ja vollkommen unentbehrlich geworden. Sie fühlten sich davon geschmeichelt. Und gab er nicht ihrem Leben auch Sinn? Die allerletzte Krücke, die man ihnen noch ließ.

So baute Ätztin sein Reich nur immer weiter aus, machte es sehr früh schon alltagstauglich, fächerte all dieses Böse, das er als Realismus ausgab, im Grunde nur weiter auf, eröffnete ganz neue Sparten, in denen er es transportiert, zu höchst banalen Geschichten umformt, die jedoch ganz undurchdringlich so miteinander verflochten sind, daß es auf schreckliche Weise zur reinen Unterhaltung dient. So sind sie von seinen Lügen wie von Drogen abhängig, süchtig nach den Geschichten, die Ätztin ihnen erzählt.

So wunderte es auch niemand, wie sich der Himmel verändert, daß nur etwas Gestein und Erde das Firmament noch bilden, nur irgendwie zusammenhalten, die Sonne einzig und allein aus Schein-werfern besteht. Ich konnte mich jener Gedankenwelt auch selbst nicht mehr entziehen, wollte doch ebenfalls glauben, ein freies „Individuum", ein sogenannter „Obenmensch" zu sein. Es war die Höhlung selbst, die völlige Geschlossenheit, ja Undurchdringlichkeit, der keiner zu entrinnen vermag, die mich so sehr beeindruckte, fast restlos überzeugte. Wen man auch immer gefragt, mit wem man sich auch unterhielt, ein jeder war längst schon der Meinung, ja felsenfest davon überzeugt, er sei der reinste Obenmensch! Wer nur eine schwache Erinnerung und sei sie auch noch so banal, bezüglich der Sterne des Himmels, der Sonne und ihrer Trabanten, in seinem Herzen trug, der war ein natürlicher Feind, bekam die härtesten Strafen und schwersten Repressalien zu spüren.

Auch wurde Scheef sehr bald angeschwärzt. Ich hatte wiederum Glück, war mit ihm ja nur lose, über Fremde bekannt geworden, erschien auf dem Treffen incognito. Scheef kam nun sehr bald auf die Folterbank, und übrigens keiner gedachten, schwor unter schrecklichsten Qualen von seinen Ergebnissen ab. Sehr bald schon vertrat er die Meinung, daß seine Berechnungen falsch gewesen, aus einer falschen Einstellung, ja völlig falschen Grundsätzen herrührten. Er sei ein alter Narr und völliger Dummkopf gewesen!

Wohin nun all das Geröll, unendliche Mengen an Erde letztlich aber geschafft, wo sie denn schließlich gelagert, war ein Geheimnis, das wohl gehütet blieb. Dies Erdreich schien nie existiert zu haben; allein schon der Gedanke daran war absolutes Tabu. So wurde ich bald schon gewarnt: Unverschämte Nörgelei, ja nutzlose, dümmliche Fragen, würden selbst mir, vielleicht einem Liebling von Tschiél, bald ungeheuer schaden. Dann könne selbst Tschiél mir nicht helfen! Die Macht, die Ätztin ausstrahlt, erschien mir in jenen Tagen doch nahezu grenzenlos.

Und Ätztin schürte weiter den Haß auf Lügner und Ausbeuter, jene Teufel und Bösewichter, die uns ein Leben als Obenmenschen doch niemals wirklich gönnten. Das wenige, was wir noch haben, wollen sie uns aber auch noch rauben! Wer jenen Verrätern begegnet, sie irgendwo noch ausfindig macht, der darf sie keinesfalls verschonen!

In jenen Tagen geschah etwas, es wurde dafür aber nichts mehr getan, es stellte sich nun ganz von selber ein, das für den Fortgang der Grabung, der gesamten Geschichte der Höhlung von nun an jedoch ganz entscheidend sein sollte: Das Grabungsende, eben jener Bereich, wo auszuhöhlende Erde überhaupt noch vorhanden, ja physisch abzubauen war, dieser ungeheure Feind hörte zu existieren auf. Man stieß nun wirklich nirgends mehr auf irgend einen Widerstand. In anderen Worten: Die Grabung war beendet! Doch niemand schien dies wahrzunehmen, sich irgendwie dafür zu interessieren. An die rasche Folge immer neuer Erfolgsmeldungen hatte man sich vielleicht doch zu sehr gewöhnt. Sie kamen eigentlich täglich, Fanfaren des Sieges bliesen zum baldigen Untergang, priesen den Fortschritt der Grabung, schwelgten in technischen Höchstleistungen, berichteten fast schon im Überschwang, in triumphalem Ton von der Erfüllung und Übererfüllung des festgesetzten Grabungsplans. Doch all diese Berichte, sie waren im Grunde zum Alltag geworden, verschwanden sang- und klanglos. Ihr Fehlen schien niemanden aufzufallen, von irgend jemand beachtet zu werden. Es war keine Meldung mehr wert. Die ganze Welt war ausgehöhlt: Die tägliche Gewalt auf den Straßen, ein permanenter Bürgerkrieg, dies schreckliche, grundlose Morden, ein jeder gegen jeden als absolutes Grundprinzip, dies war keine Nachricht mehr wert. Denn schließlich hatte Ätztin vor so vielen Jahren schon das Morden zum Menschenrecht erklärt, dem wichtigsten von allen. Nur so könne es Freiheit in unserer Zeit wohl noch geben! Und dennoch fiel es mir schwer, mich an dies tägliche Grauen, das einen ja ständig selber bedroht, auch wirklich nie mehr ein Ende findet, solange unsere Welt noch besteht, an diesen nie endenden Albtraum allmählich doch zu gewöhnen. In jener so turbulenten Zeit starb hochbetagt jedoch Tschiél. Es schien eine ganze Epoche fast unwiederbringlich zu Ende gegangen. Ich hatte zu seinem Kloster, es war allerdings berühmt für seine weit entfernte Lage und große Abgeschiedenheit, zuvor niemals Einlaß erhalten. So lag über jenem Ort der Schleier des Geheimnisses. Selbst manche Obenmenschen sprachen vom Kloster mit einer gewissen Ehrfurcht, auch wenn sie, außer an Ätztin, nun eigentlich an gar nichts mehr glaubten. Doch muß ich jenes Gerücht, das sich seit so vielen Jahren schon beharrlich in der Höhlung hält, ich hätte mit Tschiél regen Umgang gepflegt, womöglich gar ein enges, persönliches Verhältnis gehabt, ganz vehement bestreiten. Aus Gründen jedoch, die mir opportun erschienen, habe ich es bis heute auch nie zu dementieren versucht. In Wahrheit blieb Tschiél nämlich stets auf allergrößten Abstand bedacht. So waren die zahlreichen Anlässe, zu denen wir uns trafen, fast ausnahmslos offizieller Art, auf Termine und Festlichkeiten, in der weitaus größten Zahl auf

Neugründungen und Einweihungen in der Höhlung beschränkt. Sie lagen meist doch schon sehr weit zurück, betrafen die frühe Planungsphase, sowie die ersten Etappen der großangelegten Grabung. In Wirklichkeit hatte ich Tschiél seit vielen Jahren nicht mehr gesehen. Von einer sehr engen Beziehung, wie doch so oft kolportiert, konnte gar keine Rede sein.

Dann kam jedoch aus dem Kloster, das immer noch ein Hort des Friedens, ein Auge im Taifun, als würden meine Wünsche erhört, eine sehr freundliche Einladung, an Tschiéls Bestattung teilzunehmen. Und eigentlich waren die Koffer dafür schon seit Jahren gepackt. Das Kloster wurde ja einst, in der frühen Grabungsphase, spiegelbildlich zu seinem früheren Vorgänger, das sich auf der „Obenfläche", ganz in meiner Nähe befand, exakt in der „Höhlung" nachgebaut. Das einzige Bauwerk übrigens, mit dem so etwas geschah. Das einzige Gebäude auch, das mit einem gewissen, nun allerdings recht düsteren, ästhetischen Reiz ausgestattet. Natürlich wurde sonst alles hier so häßlich wie nur möglich gebaut. Geht man nun von den Maßstäben und Dimensionen der Höhlung aus, dann war auf ihren Karten eben jenes Kloster noch nicht einmal ein Fliegendreck, doch höchstens wohl ein Tausendstel eines Grabungsplanquadrats. Und dennoch gab es dort Ordnung, eine gewisse Sicherheit, hörte man an diesem Ort, wo die Welt zugrunde geht, von Ätzin eigentlich nichts. Durch die Luft schwirrten nicht seine Worte, all dieser Zynismus, die grenzenlose Bitterkeit, die seit so vielen Jahren schon unser tägliches Brot gewesen.
Allein schon Tschiels Bestattung machte großen Eindruck auf mich, bewegte auf besondere Weise. Sie war ohne größeren Pomp, in aller Würde vor sich gegangen, befand sich in völligem Gegensatz zu dem, was wohl sonst in der Höhlung

geschieht. Auf einer ganz gewöhnlichen „Abfallbeseitigungszeremonie", machte man höchstens noch zynische Possen, verzerrte sein Gesicht auf eine möglichst verstörende Weise, um allen doch zu zeigen, daß man jenem Kadaver nicht den geringsten Respekt mehr zollt. Gewöhnlich jedoch ließ man seine „Erzeuger" oder sonstige „Artverwandten" dort, wo sie gerade verreckt, einfach wie Abfall verrotten.

So fühlte ich mich zum ersten mal seit so vielen Jahren doch wohl, dem Kloster und seinen Mönchen, die überwiegend recht unscheinbar, fast freundschaftlich verbunden. Auch drang der entsetzliche Pestgestank der vielen verwesenden Leiber nur äußerst selten hierher. An den Hängen des Klosters, die von der Grabung anscheinend noch immer verschont geblieben, sehr steil und ununterbrochen bis zum Firmament aufragten, wuchs ein erlesener Wein, der schon am Stock, in den Trauben vergor, und den man das ganze Jahr direkt von den Reben naschen konnte. Der Rausch, den sie erzeugten, war einzigartig süß, wie aus einer anderen Welt, ja wirklich unvergeßlich. Zum ersten mal seit so langer Zeit konnte ich nachts wieder träumen.

Zwar bat ich niemals formal um Aufnahme ins Kloster, konnte jedoch bleiben, in seinen Mauern weiterhin in Frieden und Sicherheit leben. Nach einer gewissen Zeit fand ich auch wieder mehr Kontakt zu den Männern um Tschiél. Zwar hatte ich zu Beginn, den Anfangsjahren der Grabung, so gut es eben ging, mit ihnen kooperiert. Doch mancher sprach mich an, daß ich mich fast etwas wunderte. Sie kannten mich wohl noch alle. Sie wußten auch so manches über mich zu berichten. Ich kann mich doch nur noch erinnern, daß mich schon damals, in den Zeiten des Grabungsbeginns, gelegentlich dieses Gefühl überkam, als seien jene

Handwerker, die meinen Keller zum Einsturz brachten und eben die tschiélschen Klostermänner im Grunde genommen dieselben. Im Blaumann wirkten sie unscheinbar, in der dunklen Höhlung jedoch, die anfangs noch ohne elektrisches Licht, in ihrem schwarzen Kapuzengewand nun allerdings etwas unheimlich, doch nur an ihren Stimmen überhaupt auseinanderzuhalten.

Zu meinem großen Erstaunen bemerkte ich bald, zu meiner großen Freude auch, daß Ätztins Lehren im Kloster weit weniger in Ansehen standen, als ich es gedacht. Sie sprachen von Ätztin mit wenig Respekt, dies war an sich schon recht ungewöhnlich; ich hatte es auf der Höhlungsfläche in dieser Form wohl niemals bemerkt. Auch wurde er von den Mönchen doch höchstens am Rande wahrgenommen. Es gab in dem Kloster gar manche, die ignorierten ihn ganz. Doch waren die Tage von Ätztin auch außerhalb des Klosters schon beinahe gezählt. Sein Aufstieg war einst wohl kometenhaft. So schnell wie er gekommen, mußte er wieder gehen.

Schon bald nach Tschiéls Bestattung kam Ätztin noch einmal zu Wort. Es war wohl die letzte Gelegenheit. Seine „gewaltige Rede", die wiederum nicht enden wollte, wurde zum wahren Abschiedsgruß. Wir spürten es doch alle: Herr Ätztin kehrt nie mehr zurück!

Noch einmal faßte er „kurz" das Ergebnis des „riesiges Kampfes" zusammen. Er drosch nur die üblichen Phrasen. Die Höhlung sei nun groß genug, daß alle Obenmenschen in Freiheit leben könnten, doch selbstverständlich in ewigem Kampf mit den fiesen Untenmenschen. Natürlich mußte er morden, wie nie ein Mensch wohl morden ließ, doch habe er das „Ziel" wohl nie aus den Augen gelassen und das heißt eben „Freiheit"! Dies ließ am Ende doch aufhorchen. Es war nicht nur recht eigenartig, ja eigentlich vollkommen neu, daß er sich zu seinen Taten, zu all dem Bösen auch wirklich bekennt. Im Grunde genommen verhöhnte er uns. Die Grabung sei nun beendet. Eine gewisse Melancholie konnte er bei diesem Satz nun allerdings nicht ganz verbergen. Er lebte vom großen Ausnahmezustand. Für ihn blieb nichts mehr übrig, nichts Böses mehr zu tun. Sein riesiges Zerstörungswerk, es war tatsächlich vollbracht. Zum Abschluß ermahnte er alle, wirklich alle Obenmenschen, doch niemals aufzugeben, auch künftig so fanatisch wie möglich, ohne Rücksicht auf irgendwelche Verluste, auf immer und ewig weiterzukämpfen!

Doch so verschwand Ätztin spurlos, ohne weiteres Aufsehen aus sämtlichen Nachrichten. Als hätte er nie existiert, man niemals ein Wörtchen von ihm gehört. Auch seine zahlreichen Bücher, er hatte sie schließlich ja selber verboten, waren bis auf das letzte verbrannt.

Sein plötzliches Verschwinden wurde im Kloster fast ganz ignoriert, von niemanden kommentiert. So etwas wie Erleichterung, wenn auch sehr verhalten, war allerdings zu spüren.

Die übrigen Obenmenschen traf es jedoch wie ein Schock, daß Ätztin nicht mehr sprach, sich nicht mehr mit ihnen unterhielt. Ihr einziges Idol, der Halbgott ihres Dämmerzustands verschwand auf immer und ewig. So etwas hätte man niemals geglaubt, doch ganz bestimmt nicht für möglich gehalten. Von einem Tag auf den anderen von einzigen beraubt, woran sie vielleicht noch geglaubt, an dem sie wohl noch hingen, sich irgendwie noch festgehalten.

Und Ätztin wurde auch nicht mehr ersetzt. Die wenigen Obenmenschen, die nach endlosen Kriegen, Massakern und Terroranschlägen wohl noch am Leben waren, blieben von nun an sich selbst überlassen, zogen ganz allein, restlos verstört und verwirrt über die Weiten der Höhlungsfläche, die längst schon gespenstisch leer geworden, im Grunde genommen fast ausgestorben. Dort fristeten sie ein karges, ja ganz und gar primitives Dasein, lebten von dem, was sie fanden, von den wenigen anderen doch irgendwie noch rauben konnten. Sie waren wieder zu Tieren geworden. Wer nur nach einem Sinn, womöglich gar nach Schönheit und etwas Harmonie ein einziges mal noch gefragt, sich irgendwelche Gedanken gemacht, der hatte doch längst schon Selbstmord begangen.

Es dauerte aber gar nicht mehr lang, da wurde ein Nachfolger Tschiéls gefunden, ein überaus würdiger Vorsteher des Klosters wie des Grabungsordens. Es sollte nun aber sein letzter sein. Sein Ordensname war übrigens Mesch. Er stammte aus einer Familie, die als Trillionäre und altgediente Philanthropen die gesamte Grabungsphase sehr großzügig begleitet, Männern wie Ätztin und Tschiel, selbstverständlich auch Hackett stets generös geholfen. In all den Jahren jedoch, in denen Tschiél regierte, blieb Mesch bescheiden im Hintergrund. Er war ja fast schon so reich an Jahren, vermutlich aber noch weiser als Tschiél. Mesch hatte die Weisheit von 6000 Jahren! Zumindest reichte er sehr nah heran. Im Kloster gingen Gerüchte um, er sei sogar in der Lage, noch vor diese 6000 Jahre zu blicken. So kann er ganz intim mit den Allerweisesten jeder Epoche plaudern, sich ausführlich bereden und daraus seine Schlüsse und letzten Konsequenzen ziehen.

In durchwachten Nächten und tief durchträumter Tageshelle, unendlich weit entfernt und abgehoben von der verwesenden Höhlungsfläche, dämmerte mir nun allmählich der wahre Sinn der Grabung. Und eines Tages, da wurde ich frech, wagte doch tatsächlich, an Mesch persönlich heranzutreten, näherte mich dem Unnahbaren. Er war ja nicht, wie man vielleicht denken mag, andauernd bei seinen Ordensleuten, die er im Grunde verachtete. Auf ausgedehnten Spaziergängen beständig unterwegs im hinteren Teil des Grabungsklosters, ins Gespräch vertieft mit den Gewaltigen aus längst vergangener Zeit. Vor einem riesigen Fels, der bis zum künstlichen Himmel aufragt, dort standen noch die Reben der ewigen Glückseligkeit, wie sie die Väter wohl einst genannt, habe ich ihn angesprochen.

Ich kann hier nicht all seine Worte, nicht all die kühnen Gedanken, im einzelnen wiedergeben. Die Orte aber der Düsternis, die er mir gezeigt, in ihrem Wesen auch haarklein erklärt, dies sprach am Ende wohl ganz für sich selbst. Mesch lächelte anfangs noch milde, ja beinahe schon bescheiden, nahm mich bei der Hand, um mich schließlich wortlos, auf verschlungenen Pfaden an eine enge Schlucht zu führen. Kaum einen Steinwurf vom Grabungskloster lag sie aber völlig versteckt. Mit weichen Knien wagte ich einen ersten Blick in die Tiefe. Natürlich wurde mir schwindelig. So stiegen wir hinab in eine ausgedehnte Klamm, die sich jedoch nach unten, je weiter man in die Tiefe schaut, je mehr sich doch zu verbreitern schien. Sie nahm überhaupt gar kein Ende, doch war dieser tiefste Spalt auf der Welt sogar im Grabungskloster den wenigsten wohl nur bekannt.

So führte mich Mesch an den Felsen der „niemals zu gebärenden". Mit einer lässigen Geste wies er zu einen Vorsprung, gleich auf der anderen Seite der Schlucht. An den sich etwas zu klammern schien, das offensichtlich lebt, zuckte wohl noch ein wenig, ja schien wirklich zu atmen, ganz wenige Meter von uns entfernt. Dazwischen gähnte der Abgrund. Das Wesen war offenbar nackt. Im Grunde genommen ein Mensch, erschien es noch immer recht ansehnlich, verzweifelt jedoch bemüht, diesen gewaltigen Fels, der bis zum Firmament, dem Grabungshimmel reicht, noch irgendwie hinaufzuklettern. Es hing dort ganz allein, kam nicht mehr voran, hielt sich mit allerletzter Kraft in der nahezu senkrechten Wand. Man konnte sein Ächzen und Stöhnen, die ganze Verzweiflung, ja Todesangst, die ungeheure Anstrengung, es war ja vollkommen schweißüberströmt, wollte doch weiter leben, nicht nur genau betrachten, nein; ich spürte seine Pein doch viel zu deutlich in mir selbst. Als sei ich es wohl selbst. Er war sehr weit schon hinaufgekommen, ganz ungewöhnlich hoch, stand unmittelbar vor dem Absturz.

So weit war die Grabung gediehen, Mesch konnte ohne Bedenken, ganz offen mit mir reden. Es gab ja keinen Menschen, auf den er noch Rücksicht zu nehmen. Von den Uneingeweihten war keiner mehr am Leben, nur dieser dort gegenüber. Mesch sprach in einem Tonfall des absoluten Triumphs: Man habe das Ziel doch nun endlich erreicht! Es wird auf der Grabungsfläche praktisch kein Kind mehr geboren. Nur mit etwas Magie, mit Ätztins moderner Hexenküche, ließ es sich verhindern, daß irgend etwas entsteht, daß kräftig und gesund, womöglich gar begabt sein könnte. Denn so etwas steht uns im Weg, es könnte am Ende nur schaden. Die Klamm steigt am Anfang noch unmerklich, fängt unten doch ganz woanders an, auch sind jene Orte zunächst auch sehr schön anzusehen, ja äußerst angenehm zu betrachten; beginnen also fast ebenerdig, daß niemand es bemerkt, wenn er bereits in die Falle getappt. Dann ist es aber zu spät. Allmählich erst, mit den Lebensjahren wird der Weg dann steiler. Der Überhang bleibt für die Wesen, welche sich eitel als „Menschen" bezeichnen, eine unendliche Qual, von niemanden zu überwinden. Bis heute hat es kein Seelchen geschafft, den Felsen bis zum Grabungshimmel doch wirklich zu erklettern.

Früher waren hier Tausende, ja regelrecht Millionen, die Tag für Tag in den Felsen der Totgeborenen stiegen. Sie haben sich behindert, oft gegenseitig hinabgerissen. Natürlich wollten sie leben. Sie werden sich aber dessen doch niemals wirklich bewußt. Wie leicht kann man sie täuschen, wie schnell aber doch hindern, ihre eigene Existenz durch Zeugung neuen Lebens vielleicht sogar herbeizuführen. Und Ätztin hatte dazu die allerfeinsten Mittel entdeckt. So scheitern sie letztlich am Fels der eigenen Begabung.

Ich schaute noch eine Weile, wie sich jenes Wesen an seinen Felsen klammert, wie die Muskeln im sehnigen Körper, einer Maschine gleich, noch immer funktionieren, wie hochgewachsen sein Schädel, die schönen Wangenknochen; wie er mit eigener Kraft, dem allerletzten Willen sich gegen das Unvermeidliche stemmt. Der Wille ist aber ahnungslos. Er kam nicht mehr voran, stürzte sehr bald in die Tiefe, doch vollkommen stumm vor Erschöpfung.

Dies sei für ihn vorherbestimmt, wie für all die anderen, sei Teil des großen Grabungsplans. Das Ziel war ja von Anfang an der allgemeine Selbstmord. Dabei spielt es gar keine Rolle, ob es ihre Seelen sind oder vielleicht nur die Leiber. Sie fallen nämlich unendlich tief. So könne ich ganz ohne Sorge sein. Man wird von dem schrecklichen Pestgestank, der von den Tiefen der Klamm ausgeht, hier oben doch nie etwas spüren. Aus seinen unzähligen Leben kannte Mesch das Lebendige nun allerdings viel zu gut. In all seinen Facetten, Begierden, natürlichen Leidenschaften, in dem, was den Menschen so einzig macht und damit vor allem gemein, unendlich schwach und niedrig.

Mesch machte auch über Ätztin noch einige Bemerkungen, die allesamt jedoch abfällig waren. Man habe ihn eine zeitlang gebraucht, den lächerlichen Popanz, inzwischen sei dieser Zwerg nun allerdings vollkommen überflüssig. Er hat seine eigenen Lügen geglaubt. So dumm sei er gewesen. Er habe den Leuten erzählt, daß alles aus Profitgier geschieht, aus reinem Egoismus, ließ die einzelnen Ameisenhaufen sich gegenseitig aufstacheln zu immer neuen Kriegen. So sind kaum noch welche übrig geblieben. Den eigenen Wörtern, der eigenen Magie sei Ätztin doch schließlich zum Opfer gefallen. Nun sei seine Seele zerstört, für immer, ja unwiederbringlich. Mesch schwieg sich allerdings aus über die näheren Umstände seines wohl schrecklichen Todes.

Dann kam er auf die Tafeln zu sprechen, die für ihn das Wichtigste sind, nein, im Grunde das Einzige, das für ihn überhaupt existiert. Sie sind nicht zu reparieren, auch niemals wiederherzustellen. Die Buchstaben, welche bei ihrem Bruch im Ursprung schon verschwanden, sie fehlen in unserer Welt. Die deswegen so voller Makel sei, das Gegenteil von vollkommen. Wenn nur ein einziger Buchstabe fehlt, ist sie es nicht wert, noch einen einzigen Tag zu bestehen. Mesch machte auch eine Andeutung, daß es seine Leute waren, die sie im Keller fanden, womöglich in einem Zustand, der noch vollkommen unversehrt. Dann hätten sie ihre Tolpatschigkeit, ihren Hang zum Mißgeschick, es waren ja gar keine Handwerker, mir allerdings nur vorgespielt. Sie sind ihnen wohl aus den Händen geglitten.

Ich sollte auch bloß nicht glauben, daß irgendwo dort oben noch eine andere Welt existiert. Wir haben sie vollkommen zugeschüttet, im voraus noch alles vergiftet. Dort oben lebt nicht mal mehr eine Maus!

Dann kam er auf mich zu sprechen, meine schweren Charakterfehler. Ich war wohl schon immer Störenfried. Nur vorerst der letzte, der noch am Leben blieb.

Nur darf ich mit den Wesen, welche man einst wohl Menschen genannt, nicht das geringste Mitleid mehr haben. Das hält mich nur fest an den irdischen Dingen, an allem, was niedrig ist! Erst wenn alle böse geworden, wenn alle abgefallen, ein jeder an das Böse glaubt, an diese heilige Kraft, die einzig und allein unsere Welt noch zu heilen vermag, dann sei der Moment der Erlösung gekommen. Ich müßte mir nur noch den letzten Rest von Gutem aus dem Herzen reißen! Auf mich allein kommt es an, eine neue Welt zu erschaffen!

Und dabei war Mesch doch nun völlig erschöpft, unendlich müde geworden. Auch schien sein Gesicht zu verschwinden. Von außen nach innen, wie in einen Strudel geraten, löste es sich ganz allmählich auf. Erschien es nicht wie die Decke eben jenes Kellers, die langsam nur in Bewegung geriet, wo alles jedoch seinen Anfang nahm? Es hatte zumindest den Anschein, als hätte ich ein solches Schauspiel schon irgendwann einmal gesehen. Obwohl auch sein Mund am Verschwinden war, die Augen sich verwandeln zu einer einzigen Finsternis, die im Gesicht verschwimmt, ja es selbst schon darin versinkt, hörte Mesch nicht mehr auf, zu lachen, zu lachen, und immer lauter zu lachen.

So schreibe ich jetzt aus der anderen Welt. Doch Schreiben ist nicht das richtige Wort. Denn tausend Jahre, sie sind rasch vergangen. Die Grabung, sie ist zum Himmel geworden. Es gibt hier keinen Unterschied zwischen Wunsch und Wirklichkeit. Auch kann ich all die Leben, die ich „selbst" einmal gewesen, mit Leichtigkeit überblicken, kann mich, wenn ich es will, mit allen und jedem verbinden. Doch was ist da schon das Wörtchen „ich"? Je weiter ich mich entferne, von den Gedanken, die „meine" sind, ziehe ich in die Vergangenheit, genauso in die Zukunft, in nie geahnte Fernen. Doch all die Pracht und Herrlichkeit, die ich hier zukünftig schaue; man kann sie in der Sprache, die ihr noch alle gewohnt, wohl einfach nicht länger beschreiben.

© 2025 Stephanos Zwi
Verlag: BoD · Books on Demand GmbH,
Überseering 33, 22297 Hamburg, bod@bod.de
Druck: Libri Plureos GmbH, Friedensallee 273,
22763 Hamburg
ISBN: 978-3-7693-5021-0